— Crianças, que tal esta noite aprendermos histórias com números?

— Jonas ficou 3 dias dentro da barriga de um grande peixe.
Em 3 dias Jesus voltou a viver e Seu túmulo ficou vazio.

— Josué e o povo cercaram a cidade de Jericó durante 7 dias e as muralhas caíram com seus gritos. Com apenas 7 anos de idade, Joás se tornou rei de Judá.

— Davi ajuntou 5 pedrinhas no rio e lutou corajosamente contra um gigante. Jesus alimentou milhares de pessoas com 5 pães doados por um menino.

— Em 6 dias Deus criou o mundo e gostou muito do que viu.
Jesus mandou que enchessem 6 potes com água... e transformou a água em vinho!

210mm x 148mm | 8 páginas
Capa: couché 157g/m²
Miolo: papel offset 100g/m²
Impresso por China King Yip (Dongguan)
Printing & Packaging Fty. Ltd.
IMPRESSO NA CHINA
IMPORTADOR: Ministérios Pão Diário
R. Nicarágua, 2128
82515-260 Curitiba/PR, Brasil
CNPJ 04.960.488/0001-50

© 2010 Ministérios Pão Diário.
Todos os direitos reservados.

Texto: Lucila Lis
Ilustrações: Leila Lis e Lucila Lis
Revisão: Rita Rosário

WX942
ISBN 978-1-60485-331-5